KB022860

당신 생각하느라 꽃을 피웠을 뿐이에요

당신 생각하느라
꽃을 피웠을 뿐이에요

나태주 엮음 — 한아롱 그림

니들북

그대의 봄, 사랑 앞에

　지난겨울 모질게도 춥더니만 올봄엔 유난히도 꽃들이 곱다. 피어서는 오랫동안 지지 않고 그 예쁜 자태를 자랑하고 있다. 참 이것도 모르겠는 일. 유난히 추운 겨울과 유난히 고운 꽃 빛깔. 늘 봄이 빨리 간다, 아쉽다 그랬는데 기인 봄, 그야말로 장춘이다.

　하지만 이러한 꽃들도 머지않아 우리 앞에서 물러가고 그 자리에 신록이 우거지리라. 무엇이든 변하는 것만이 생명이고 아름다움이다. 변하는 것 그 자체가 세상이고 자연이고 우리 네 인생이다. 변하지 말기를 바라는 마음과 변하기를 또한 원하는 마음.

　참 그것도 모르겠는 마음, 이율배반이고 모순이다. 그러기에 부처님도 '만물은 변한다, 쉬지 말고 공부하라'는 말씀을

놓고 세상을 뜨지 않았을까 싶다. 변하는 마음과 변하지 않는 마음 사이에 또한 인간의 사랑이 생기고 슬픔이 있고 그리움이 산다.

눈부신 봄과 아쉽게 떠나는 봄. 새롭게 찾아오는 사랑과 잊혀져가는 사랑. 그 사이에 우리들 마음이 놓여 서성이고 있다. 울고 싶다. 목 놓아 울고 싶다. 그러나 소리 내어 울지는 말아야지. 지그시 울음을 참고 있으면 마음속으로부터 우러나는 몇 마디 말이 있을 것이다.

그것이 우리들의 시다. 이 봄에 우리가 마땅히 가져야 할 우리들의 마음이고 또 시의 문장이다. 부디 당신도 그러시기를 바란다. 울고 싶지만 울지는 마시라. 그대 앞에 눈부신 봄이 있고 그 뒤에 그대의 인생이 기다리고 있다. 그대의 봄을 안고 그대의 인생을 안아보시라.

　그대의 봄과 그대의 인생이 무언가를 말해 주리라. 부디 그 말을 잊지 마시라. 이 책에 실린 시편들은 또 그 말들을 미리 마련해서 그대에게 드리는 조그만 꽃다발 같은 것이다. 우리 다 같이 우리 앞의 인생과 잠시의 봄에 대하여 기뻐하고 고마워할 일이다.

2018년 새봄에
나태주 씁니다

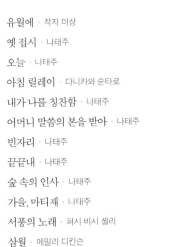

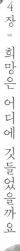

1장

행복은 어디에 있을까요

유
월
에

가시나무에서도
장미꽃이 피어나는
이 좋은 계절에

마음아,
무엇을 걱정하고
무엇을 망설이느냐?

작자 미상

옛
접
시

놓고 보자
너무 멀리도 말고
너무 가깝게도 말고

책상머리에
해밝은 유리창 밑에
어디 좀 두고 보자

나 여기 있어요
예 예 나 여기
있다니까요

나는 네가 곁에서
숨소리 들려주는 것만으로도
행복한 사람이란다.

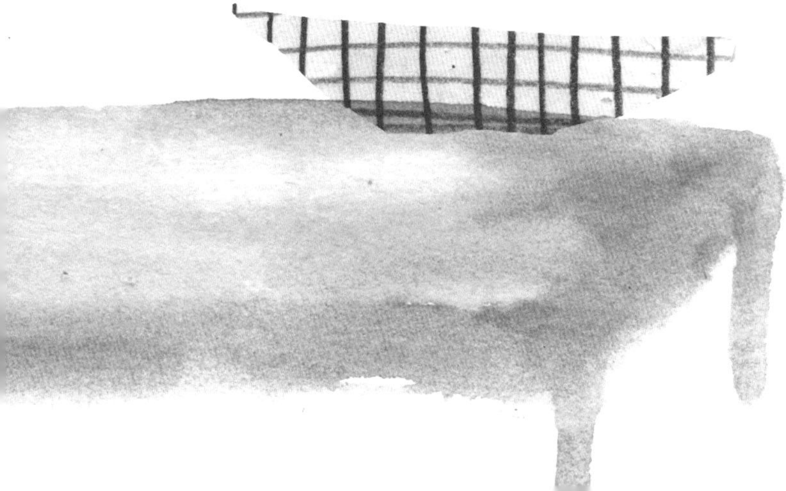

오늘

지금 여기
행복이 있고

어제 거기
추억이 있고

멀리 저기에
그리움 있다

알아서 살자.

지금 여기 행복이 있고
어제 저기 추억이 있고
멀리 저기에 그리움 있다

"눈이서 산자

나
태
주

캄차카의 젊은이가

기린 꿈을 꾸고 있을 때

멕시코의 아가씨는

아침 안개 속에서 버스를 기다리고 있다

뉴욕의 소녀가

미소 지으며 잠을 뒤척일 때

로마의 소년은

기둥 끝을 물들이는 아침 햇살에 윙크한다

이 지구에서는

언제나 어딘가에서 아침이 시작되고 있다

우리들은 아침을 릴레이하는 것이다
경도(經度)에서 경도로
말하자면 교대로 지구를 지킨다
자기 전에 잠깐 귀 기울여보면
어딘가 먼 곳에서 알람시계가 울리고 있다

그것은 당신이 보낸 아침을
누군가가 잘 받았다는 증거인 것이다.

다
니
카
와

슌
타
로

내
가
나
를
칭
찬
함

오늘도 흰 구름을 나는
흰 구름이 아니라고 억지로
우기지 않았음

오늘도 풀꽃을 만나 나는
너를 알지 못한다
얼굴 돌려 외면하지 않았음

이것이 오늘 내가 나를 진정
칭찬해주고 싶은 항목임

당신도 부디 당신 자신을
칭찬해주시기 바란다.

나
태
주

23

어머니 말씀의 본을 받아

어려서 어머니 곧잘 말씀하셨다
애야, 작은 일이 큰일이다
작은 일을 잘하지 못하면 큰일도 잘하지 못한단다
작은 일을 잘하도록 하려무나

어려서 어머니 또 말씀하셨다
애야, 네 둘레에 있는 것들을 아끼고 사랑해라
작은 것들 버려진 것들 오래된 것들을
부디 함부로 여기지 말아라

어려서 그 말씀의 뜻을 알지 못했다
자라면서도 끝내 그 말씀을 기억하지 않았다
보다 넓은 세상으로 나아가 얼른
더 많은 사람들과 어울려 살고 싶었다

그러나 나는 하루 한 날도
평화로운 날이 없었고 행복한 날이 없었다
날마다 날마다가 다툼의 날이었고
날마다 날마다가 고통과 슬픔의 연속이었다

이제 겨우 나이 들어 알게 되었다
어머니 말씀 속에 행복이 있고
더 할 수 없이 고요한 평안이 있었는데
너무나 오랫동안 그것을 잊고 살았다는 것을

그리하여 나 젊은 사람들에게 말하곤 한다
작은 일이 큰일이니 작은 일을 함부로 하지 말아라
네 주변에 있는 것들이며 사람들을 소중히 여겨라
어머니 말씀의 본을 받아 타일러 말하곤 한다

지금껏 우리는 인생을 어떻게 살아야 할 것인가 보다는
무엇을 위해 살아야 하는가에 목을 매고 살았다
기를 쓰고 무엇인가를 이루려고만 애썼다
명사형 대명사형으로만 살려고 했다

보다 많이 형용사와 동사형으로 살았어야 했다
남의 것을 부러워하기보다는 내 것을 더 많이
사랑하고 아끼고 소중히 여기며 살았어야 했다
내가 얼마나 귀한 사람인가를 처음부터 알았어야 했다

당신의 행복은 어디에 있는가?
애당초 그것은 당신 안에 있었고
당신의 집에 있었고 당신의 가족, 당신의 직장 속에 있었다
이제부터 당신은 그것을 찾기만 하면 되는 일이다.

나
태
주

빈
자
리

누군가 아름답게
비워둔 자리
누군가 깨끗하게
남겨둔 자리

그 자리에 앉을 때
나도 향기가 되고
고운 새소리 되고
꽃이 됩니다

나도 누군가에게
아름답고 깨끗하게
비워둔 자리이고 싶습니다.

나
태
주

끝
끝
내

너의 얼굴 바라봄이 반가움이다
너의 목소리 들음이 고마움이다
너의 눈빛 스침이 끝내 기쁨이다

끝끝내

너의 숨소리 듣고 네 옆에
내가 있음이 그냥 행복이다
이 세상 네가 살아있음이
나의 살아있음이고 존재 이유다.

나
태
주

안녕하세요?
안녕하세요?
숲 속에 들어갈 때는
명랑하게 인사를 한다

나뭇잎에게 오솔길에게
개울물에게 뻐꾸기에게
더러는 뱀이나 말벌들에게

행복하세요!
행복하세요!
숲 속을 다녀올 때는
공손히 인사를 한다

굴참나무에게 호수 물에게
오리 가족에게 산들바람에게
더러는 두꺼비나 땅강아지에게.

나
태
주

가
을,
마
티
재

산 너머, 산 너머란 말 속에는
그리움이 살고 있다
그 그리움을 따라가다 보면
아리따운 사람, 고운 마을도
만날 수 있을 것만 같다

강 건너, 강 건너란 말 속에는
아름다움이 살고 있다
그 아름다움을 따라나서면
어여쁜 꽃, 유순한 웃음의 사람도
만날 수 있을 것만 같다

살기 힘들어 가슴 답답한 날
다리 팍팍한 날은 부디
산 너머, 산 너머란 말을 외우자
강 건너, 강 건너란 말도 외우자

그리고서도 안 되거든
눈물이 날 때까지 흰 구름을
오래도록 우러러보자.

서
풍
의

노
래

예언의 나팔을 불어 다오
오, 바람이여!

겨울이 오면
봄도 멀지 않으리.

예언의 나 팔을
오 , 바람이여
겨울이 오면
봄도 멀지 않으리

붙어다오

퍼
시
비
시
셀
리

삼
월

삼월님이시군요, 어서 들어오세요!

오셔서 얼마나 기쁜지 몰라요!

오랫동안 기다렸거든요.

모자는 자리에 내려놓으시지요.

아마도 걸어오셨나 봐요.

그렇게 숨이 차신 걸 보니.

그래서 삼월님, 잘 지내셨나요?

다른 분들은요?

'자연'은 잘 두고 오셨나요?

아, 삼월님, 바로 저랑 2층으로 가시지요.

밀린 얘기, 하고 싶은 얘기가 얼마나 많은지 모른답니다.

에밀리 디킨슨

아
끼
지
마
세
요

좋은 것 아끼지 마세요

옷장 속에 들어 있는 새로운 옷 예쁜 옷

잔칫날 간다고 결혼식장 간다고

아끼지 마세요

그러다 그러다가 철 지나면 헌 옷 되지요

마음 또한 아끼지 마세요

마음속에 들어 있는 사랑스런 마음 그리운 마음

정말로 좋은 사람 생기면 준다고

아끼지 마세요

그러다 그러다가 마음의 물기 마르면 노인이 되지요

좋은 옷 있으면 생각날 때 입고
좋은 음식 있으면 먹고 싶은 때 먹고
좋은 음악 있으면 듣고 싶은 때 들으세요
더구나 좋은 사람 있으면
마음속에 숨겨두지 말고
마음껏 좋아하고 마음껏 그리워하세요

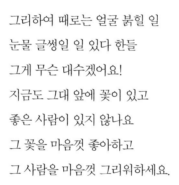

그리하여 때로는 얼굴 붉힐 일
눈물 글썽일 일 있다 한들
그게 무슨 대수겠어요!
지금도 그대 앞에 꽃이 있고
좋은 사람이 있지 않나요
그 꽃을 마음껏 좋아하고
그 사람을 마음껏 그리워하세요.

악
수

가을 햇살은
모든 것들을 익어가게 한다
그 품 안에 들면 산이며 들
강물이며 하다못해 곡식이며 과일
곤충 한 마리 물고기 한 마리까지
익어가지 않고서는 배겨나지를 못한다

그리하여 마을의 집들이며 담장
마을로 뚫린 꼬불길조차
마악 빵 기계에서 구워낸 빵처럼
말랑말랑하고 따스하다

몇 해 만인가 골목길에서 마주친
동갑내기 친구
나이보다 늙어 보이는 얼굴
나는 친구에게
늙었다는 표현을 삼가기로 한다

이 사람 그동안 아주 잘 익었군
무슨 말을 하는지 몰라
잠시 어리둥절해진 친구의 손을 잡는다
그의 손아귀가 무척 든든하다
역시 거칠지만 잘 구워진 빵이다.

나
태
주

45

나는 소망한다,
내게 금지된 것을.

커
브

나는 소망한다,
내게 금지된 것을.

폴
엘
뤼
아
르

풀밭에 누워서
처녀 하나, 총각 하나,
밀감을 먹는다, 입술을 나눈다,
파도와 파도가 거품을 나누듯이.

해변에 누워서
처녀 하나, 총각 하나,
레몬을 먹는다, 입술을 나눈다,
구름과 구름이 거품을 나누듯이.

땅속에 누워서
처녀 하나, 총각 하나,
말이 없다, 입맞춤이 없다,
침묵과 침묵을 나눈다.

옥
타
비
오
파
스

바닷물 밖으로 던져진 한 마리 새우처럼
팔다리 오그려 영어 글자의 C자로
잠들어 있을 때 나도 모르게 다가와
이불을 가져다 덮어주는 한 사람 있다면
인생은 잠시 덜 억울해도 좋으리

번번이 젊은 날 책을 읽다 잠이 들면
고달픈 이마를 짚어 맑고 따스한 손으로
어루만져주는 램프의 불빛인양
보이지 않는 마음의 불빛으로
생각해주는 한 사람 있다면
인생은 잠시 행복한 것이라고
오해하거나 착각해도 좋으리.

행
복

어제 거기가 아니고
내일 저기도 아니고
다만 오늘 여기
그리고 당신.

나
태
주

봄

꽃을 넘어서
하얀 구름이
구름 넘어서
깊은 하늘이

꽃을 넘어
구름 넘어
하늘을 넘어
나는 언제까지나 올라갈 수 있다

봄의 한때
나는 하느님과
조용히 이야기를 했다.

내
가
사
랑
하
는
계
절

내가 제일로 좋아하는 달은
11월이다
더 여유 있게 잡는다면
11월에서 12월 중순까지다

낙엽 져 홀몸으로 서 있는 나무
나무들이 깨금발을 딛고 선 등성이
그 등성이에 햇빛 비쳐 드러난
황토 흙의 알몸을
좋아하는 것이다

황토 흙 속에는
시제 지내러 갔다가
막걸리 두어 잔에 취해
콧노래 함께 돌아오는
아버지의 비틀걸음이 들어 있다

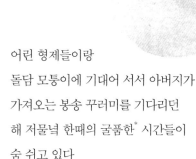

어린 형제들이랑
돌담 모퉁이에 기대어 서서 아버지가
가져오는 봉송 꾸러미를 기다리던
해 저물녘 한때의 굴품한* 시간들이
숨 쉬고 있다

아니다 황토 흙 속에는
끼니 대신으로 어머니가
무쇠솥에 찌는 고구마의
구수한 내음새 아스므레
아지랑이가 스며 있다

내가 제일로 좋아하는 계절은
낙엽 져 나무 밑동까지 드러나 보이는
늦가을부터 초겨울까지다
그 솔직함과 청결함과 겸허를
못 견디게 사랑하는 것이다.

나
태
주

* 굴품한 : '배가 고픈 듯한', '시장기가 드는 듯한'의 충청도 방언.

감
각

나는 가자, 푸른 여름밤엔
보리 이삭이 정강이를 찌르는 오솔길 위로,
잡초 넝쿨 밟으러.
몽상가 나는 나의 발에
서느러운 감촉을 느끼며,
부는 바람에 한껏
머리칼을 날리며…

나는 말하지도 생각지도 않으리.
그러나 끝없는 사랑은
가슴속에 떠오르리.
나는 가리라, 멀리멀리
떠돌이처럼,
하늘과 땅 사이를
여인과 같이 가듯 행복하게…

아
르
튀
르
랭
보

어떤 경배

어디서 이렇게
귀하신 분이 우리 집같이
누추한 곳을 다 찾아오셨나요?

말도 하지 못하는 어린
손자 아이를 볼 때마다
절하며 인사한다는 아낙네
그럴 때마다 까륵 까르륵
할머니 보고 웃어준다는 어린 아기

아직 손자가 없어 그런 마음 그런 세상
다는 알지 못하지만
다음날 나도 그 아낙과 아기 만나게 되면
절하며 인사를 해야겠다.

나태주

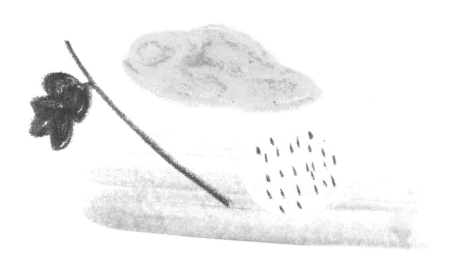

행복은 하늘 위에 두둥실 무지개라고 생각했다
산 너머, 산 너머에 있는 거라고 생각해
긴 목을 더 길게 늘이곤 했다
지금 여기에 있는 것이 아니고
어제 거기, 내일 저기에 있다고 생각해
그리워했고 애달파 했고 늘 아쉬워했다
번번이 목이 마르곤 했다

그러나 지금은 아니다
비록 여기에 그대 나와 함께 있지 않을지라도
거기에 그대 잘 있다는 것만으로도
나는 안심이고 평안하고 행복하다
비록 지구 반대편에 그대 있을지라도
함께 지구를 숨 쉬고 지구를 느끼며
하루하루 살아감이 얼마나 고마운 일인가!

그러하다 하루하루다

하루하루의 평안과 안녕과 무사함이 행복이다

그대 거기 잘 있나요?

나 여기 여전히 숨 잘 쉬고 있어요

멀리, 그대의 안부를 묻는다

우리에게 더 이상 가까워질 수 없는

목숨의 거리가 있을지라도

거기 그대 잘 있나요? 나 여기 잘 있어요

스스로 묻고 대답하며 나는 오늘도

그대로 하여 충분히 행복하고 기쁘다

그 위에 무엇을 더 꿈꾼단 말인가!

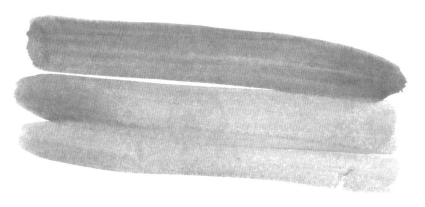

나, 여기 여전히
숨잡 채고
있어요

나
태
주

포옹 · 1

남자가 여자를 안아주는 시대는 이미 끝났다
남자의 포옹이 정복과 소유와 관용의 표현이라면
여자의 포옹은 용서와 자비와 안식의 표현이다
여자가 남자를 안아줄 때 남자들은 거센 갈기를 내리고
순한 짐승이 되고 말을 잘 듣는 아이가 된다
알았어요 예 그렇게 할게요
백기를 들고 스스로 항복하는 포로가 된다
세상의 여자들이여 남자들을 안아주라
그러면 당신의 남자들은 모두
잘못했어요 내가 잘못했어요
머리 조아려 안겨 오는 순한 짐승이 되고
사랑스런 아이가 될 것이다
남자가 여자를 안아주는 시대는 이미 끝났다
남자들의 포옹에는 부성이 들어 있지 않지만
여자들의 포옹에는 늘 모성이 들어 있기 때문이다
세상의 여자들이여
날마다 순간마다 당신의 남자들을 안아주라
그러면 당신의 남자들이 행복할 것이고
당신도 행복해질 것이다.

나
태
주

여름 산책

적어도 나는
새들처럼 모이를 쪼고
높은 가지 열매를 딸 수는 없지만
새들이 마신 공기를
함께 마실 수 있다

적어도 나는
나무들처럼 구름과 이야기하고
별들과 악수할 수는 없지만
나무들이 쪼이는 햇빛을
더불어 쪼일 수 있다

이것이 내가 사는 시골 동네
공주에서도 구석진 금학동
수원지 마을에서 사는
기쁨이고 행복
아내와 산책하며 느끼는 것들

새들아 고마워
오늘 아침에도 나를 깨워주고
나무들도 고마워
저녁 시간에도 너희들
내 곁에 있어 줄 것을 믿기에.

나
태
주

2장

사랑하는 마음이란 어떤 걸까요

섬
에
서

그대, 오늘

볼 때마다 새롭고
만날 때마다 반갑고
생각날 때마다 사랑스런
그런 사람이었으면 좋겠습니다

풍경이 그러하듯이
풀잎이 그렇고
나무가 그러하듯이.

나
태
주

69

상
처

나는 덤불 속에 가시가 있다는 것을 알지만
그렇다고 꽃을 찾던 손을 멈추지는 않겠네.
그 안의 꽃이 모두 아름다운 것은 아니지만
만약 그렇게라도 하지 않는다면
꽃의 향기조차 맡을 수 없는 것이기에.

꽃을 꺾기 위해서 가시에 찔리듯
사랑을 구하기 위해서는
내 영혼의 상처도 감내하겠네.
상처받기 위해 사랑하는 게 아니라
사랑하기 위해 상처받는 것이기에.

조르즈 상드

비
파
나
무

왜 여기 서 있느냐
묻지 마세요
왜 잎이 푸르고
꽃을 피웠느냐
따지지 마세요

당신이 오기 기다려
여기 서 있고
당신 생각하느라
꽃을 피웠을 뿐이에요.

나
태
주

마음의 빛

날마다 누군가를 생각하고
누군가를 기다리고
누군가와 만나고
만나서 이야기하고
또 웃기도 하는 것

그것이 우리들 삶의 보람
하루하루가 모여
일생이 되고
추억이 되고
마음의 더없이 아름다운
꽃다발 된다

이것은 지워지지 않는 빛
영혼의 자취
네가 나한테 보여준
그 마음, 사랑처럼 말이다.

나태주

75

밤
의
파
리

세 개의 성냥불이 하나씩 밤을 켠다.
첫 번째는 네 얼굴을 보기 위해,
두 번째는 네 눈을 보기 위해,
마지막 것은 네 입을 보기 위해,
그 다음의 깜깜한 암흑은 내 너를 껴안고
그 모두를 기억하기 위해.

지평선

너의 하얀 팔이
나의 지평선 전부였다.

막스 자코브

좋은 경치 보았을 때
저 경치 못 보고 죽었다면
어찌했을까 걱정했고

좋은 음악 들었을 때
저 음악 못 듣고 세상 떴다면
어찌했을까 생각했지요

당신, 내게는 참 좋은 사람
만나지 못하고 이 세상 흘러갔다면
그 안타까움 어찌했을까요……

당신 앞에서는
나도 온몸이 근지러워
꽃피우는 나무

지금 내 앞에 당신 마주 있고
당신과 나 사이 가득
음악의 강물이 일렁입니다

당신 등 뒤로 썰렁한
잠복 숲도 이런 때는 참
아름다운 그림 나라입니다.

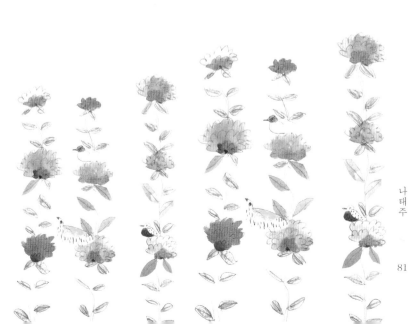

나
태
주

청
명
한

공
기

나는 내 앞을 보았네
군중 속에서 나 너를 보았고
밀밭 사이에서 나 너를 보았고
나무 밑에서 나 너를 보았네

내 모든 여행의 마지막에서
내 모든 고통의 밑바닥에서
물속에서 불 속에서
떠오르다 감도는 내 모든 웃음 속에서

여름에도 겨울에도 나 너를 보았고
나의 집에서 나 너를 보았고
나의 품 안에서 나 너를 보았고
나의 꿈속에서 나 너를 보았네

나 이제는 네 곁을 떠나지 않겠네.

폴
엘
뤼
아
르

아
무
르

새가 울고
꽃이 몇 번 더 피었다 지고
나의 일생이 기울었다

꽃이 피어나고
새가 몇 번 더 울다 그치고
그녀의 일생도 저물었다

닉네임이 흰 구름인 그녀,
그녀는 지금 어느 낯선 하늘을
흐르고 있는 건가?

아무르, 아무르 강변에
꽃잎이 지는 꿈을 자주 꾼다는
그녀의 메일이 왔다

아무르, 아무르 강변에
새들이 우는 꿈을 자주 꾼다고
나도 메일을 보냈다.

나
태
주

네
앞
에
서
·
2

오늘 나는
네 앞에서 한없이
작아지고 초라해진 그 무엇

네 눈빛 하나에
불행해지기도 하고 또
행복해지기도 하는
가녀린 풀잎

네 목소리 하나에
빛을 잃기도 하고
반짝이기도 하는
가벼운 나뭇잎

도대체 너는 나에게
무엇이고
나는 너에게 무엇이냐?

적어도 오늘 너는
허물 수 없는 견고한 성곽이고
정복되지 않는 하나의
작은 왕국이다.

나
태
주

바람 부는 날에도
흔들리지 않음은
마음속에 네가 들어와
살기 때문

아니지

바람 불지 않는 날에도
혼자 몸 흔들며 울고 있는
키 큰 미루나무 한 그루
키우고 있기 때문.

비
단
강

비단강이 비단강임은
많은 강을 돌아보고 나서야
비로소 알겠습니다

그대가 내게 소중한 사람임은
더 많은 사람들을 만나고 나서야
비로소 알겠습니다

백 년을 가는
사람 목숨이 어디 있으며
50년을 가는
사람 사랑이 어디 있으랴……

오늘도 나는
강가를 지나며
되뇌어 봅니다.

나태주

통행금지

어쩌란 말이오 문에는 감시병이 있었소
어쩌란 말이오 우리는 갇혀 있었소
어쩌란 말이오 통행은 금지되어 있었소
어쩌란 말이오 시가는 정복되어 있었소
어쩌란 말이오 시내는 굶주리고 있었소
어쩌란 말이오 우리에겐 무기가 없었소
어쩌란 말이오 어두운 밤이었소
어쩌란 말이오 우리는 서로 사랑했소.

통행 금지

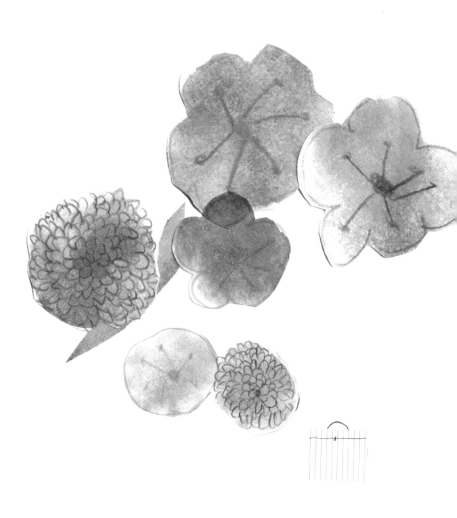

핑
크

아침 일찍이 꽃다발을 만들어서
사랑하는 여자에게 보냈다
이름도 밝히지 않고
꽃을 꺾은 이도 말하지 않고

그러나 그날 밤 살그머니
파티장에 가보니
그녀는 핑크빛 꽃을 가슴에 달고
나를 알아보고 웃어주었다.

아
우
구
스
트
슈
트
람

93

너를 보낸다

산길에서 너를 보내고
돌아와 사립문 닫으려니
날이 저문다

봄풀은 내년에도
푸르게 돋아날 텐데
한 번 떠난 너
언제쯤 다시 또 올까?

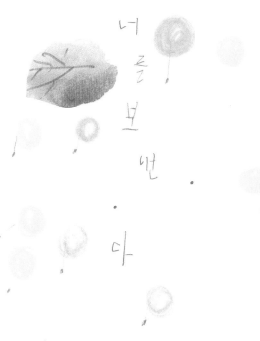

너를 보낸다

왕유

또
다
른
행
복

그 애를 마음의 꽃으로
받아들이면서
하루도 편안할 날이 없었다

어딘가 두리번거리는
사람이 되었고
조바심하면서 기다리는
사람이 되었다

낮이면 스스로 들판에 나아가
벌 받는 나무가 되었고
밤이면 어둠 속에서
혼자 우는 꽃이 되었다

그렇다 한들 어떠랴!
그 애가 주는 불행은
또 다른 행복

숨 쉬는 사람으로
살아있는 순간순간만 그저
기쁘고 고마울 뿐이다.

나
태
주

목련꽃 낙화

너 내게서 떠나는 날
꽃이 피는 날이었으면 좋겠네
꽃 가운데서도 목련꽃
하늘과 땅 위에 새하얀 꽃등
밝히듯 피어오른 그런
봄날이었으면 좋겠네

너 내게서 떠나는 날
나 울지 않았으면 좋겠네
잘 갔다 오라고 다녀오라고
하루치기 여행을 떠나는 사람
가볍게 손 흔들듯 그렇게
떠나보냈으면 좋겠네

그렇다 해도 정말
마음속에서는 너도 모르게
꽃이 지고 있겠지
새하얀 목련꽃 흐득흐득
울음 삼키듯 땅바닥으로
떨어져 내려앉겠지.

나
태
주

멀
리

내가 한숨 쉬고 있을 때
저도 한숨 쉬고 있으리
꽃을 보며 생각한다

내가 울고 있을 때
저도 울고 있으리
달을 보며 생각한다

내가 그리운 마음일 때
저도 그리운 마음이리
별을 보며 생각한다

너는 지금 거기
나는 지금 여기.

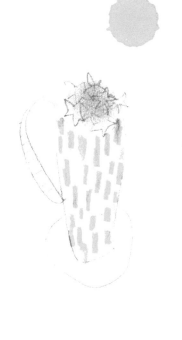

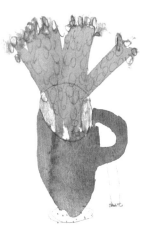

아직은 그 머리를

기
다
림

아직은 그 머리를 내 손에 잡아본 일이 없다.

내 손에 잡아본 일이 없다

미농

그리움의 뜻을 아는 사람만이
나의 슬픔을 알 수 있겠네!
세상 모든 즐거움에서
나만 홀로 떠나 있어
저편 하늘만 바라보는데
나를 알고
나를 사랑하시는 이
머나먼 곳으로 가버렸네.
아아, 눈앞이 캄캄하고
내 가슴 불타는 듯하네.
그리움의 뜻을 아는 사람만이
나의 슬픔을 알 수 있으리.

요한 볼프강 폰 괴테

노
래

헤어지고 나서
해가 갈수록
보고 싶은 너

이시가리 교외에 있는
너의 집 뜨락
능금나무 꽃이 떨어졌으리

길고 긴 편지
3년 동안 세 번 왔지
내가 쓴 편지는 네 번인데.

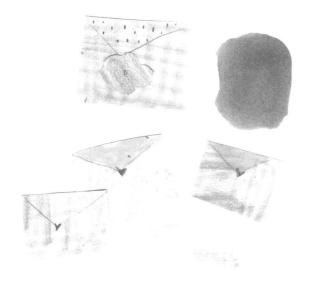

옆
자
리

옆자리에 계신 것만으로도 나는
따뜻합니다
그대 숨소리만으로도 나는
행복합니다
굳이 이름을 말씀해주실 것도 없습니다
주소를 알려주실 필요도 없습니다
또한 그대 굳이 나의 이름을
알려 하지 마십시오
주소를 묻지 마십시오
이름 없이 주소 없이 이냥
곁에 앉아 계신 따스함만으로도
그대와 나는 가득합니다
보이지 않는
그대와 나의 가슴 울렁임만으로도
우리는 황홀합니다
그리하여 인사 없이 눈짓 없이
헤어지게 됨도
우리에겐 소중한 사랑입니다.

나
태
주

매
기
의

추
억

바이올렛 꽃향기가 숲 속에 가득 퍼지네, 매기
그 아름다운 향기가 산들바람을 타고 흐르고
내가 처음 오직 당신만을 사랑한다고 했을 때, 매기
당신도 나만을 사랑한다고 했지요.

밤나무들로 온 숲이 녹음으로 우거질 때, 매기
방울새가 저 멀리 나무 위에서 소리 높여 노래합니다.
내가 처음 오직 당신만을 사랑한다고 했을 때, 매기
당신도 나만을 사랑한다고 했지요.

줄지어 선 수선화들이 황금색으로 빛나며, 매기
풀잎들과 함께 춤을 추네요.
내가 처음 오직 당신만을 사랑한다고 했을 때, 매기
당신도 나만을 사랑한다고 했지요.

숲 속에선 새늘이, 매기
다가올 행복한 나날들을 노래합니다.
내가 처음 오직 당신만을 사랑한다고 했을 때, 매기
당신도 나만을 사랑한다고 했지요.

난 다시 돌아올 거라 했었고, 매기
우리는 영원히 행복할 것이었죠.
내가 처음 오직 당신만을 사랑한다고 했을 때, 매기
당신도 나만을 사랑한다고 했지요.

그러나 바다는 너무나 드넓었고, 매기
우리는 그렇게 멀었다는 걸 알지 못했었죠.
내가 처음 오직 당신만을 사랑한다고 했을 때, 매기
당신도 나만을 사랑한다고 했지요.

우리의 꿈은 이루어지지 않았고, 매기
우리의 다정했던 희망도 사라졌지만
내가 처음 당신에게 말했을 때
당신도 나만을 사랑한다고 했지요.

조
지
존
슨

하루만 못 봐도
너 지금 어디서 뭐하고 있니?
붉은 꽃을 보고 말하고
하얀 꽃을 보고 말한다

붉은 꽃은 보고 싶은 마음
하얀 꽃은 그리운 마음
네 앞에 있는 꽃을 좀 봐
꽃 속에 내 마음이 있을 거야

너 지금 어디서 뭐하고 있니?

나
태
주

공원

몇 천 년이 걸린다 해도
어찌 다
말할까
한 떨기 별 지구
지구 위의
파리
파리의 몽수리 공원에서
겨울 햇살에 잠긴 어느 날 아침
나 그대를 껴안고
그대 나를 껴안았던
이 영원의 한순간을.

3장

삶이란 무엇일까요

가
지
않
은
길

단풍든 숲 속에 두 갈래의 길이 있었다.
한 몸으로 두 갈래 길을 다 갈 수 없는 나는
안타까운 마음으로 한참 동안 서서
참나무 숲 속으로 접어든 한쪽 길을
끝까지 바라보고 있었다.

그러다가 어쩔 수 없이 한쪽 길을 택해야만 했다.
그 길은 풀이 더 우거지고 사람들
걸은 흔적이 많지 않았기 때문이다.
내가 그 길을 걸음으로 해서 그 길도 나중에는
다른 쪽 길과 거의 같아지겠지만 말이다.

서리 내린 나뭇잎 위에는 아무런 발자국도 없었고
두 길은 그날 아침 똑같이 멀리 뻗어 있었다.
아, 다른 쪽 길은 뒷날에 다시 걸어보리라! 생각했다.
길은 길에 이어져 끝이 없으므로
내가 여기 다시 돌아올 날을 의심하면서 말이다.

오랜 세월이 흐른 다음,
나는 한숨을 쉬면서 말할 것이다.
숲 속에는 두 갈래의 길이 있었노라고.
나는 다른 사람이 덜 다닌 길을 택했노라고.
그것으로 하여 모든 것들이 달라지고 말았노라고.

로버트 프로스트

사람들이 얼마나 많은 길 걸어 보아야

진정한 인간이 될 수 있을까

흰 비둘기는 얼마나 많은 바다를 건너보아야

모래사장에 잠들 수 있게 될까

포탄은 얼마나 많이 날아다니고 나서야

지상에서 사라질 수 있을까

친구여, 그것은 오직 바람만이 알고 있다오

산은 얼마나 오랜 세월이 지나야

바다에 씻겨나가게 될까

사람들이 얼마나 오랜 세월이 지나야

그들에게 자유가 허용될까

사람들이 얼마나 많이 고개를 돌리고

모른 척할 수 있을까

친구여, 그것은 오직 바람만이 알고 있다오

얼마나 많이 울어봐야

사람들이 하늘을 제대로 볼 수 있을까

얼마나 많은 귀를 가져야

다른 사람들의 울음소리를 들을 수 있을까

얼마나 많이 죽고서야

너무나 많은 사람들이 죽었음을 깨닫게 될까

친구여, 그것은 오직 바람만이 알고 있다오

오직 바람만이 알고 있다오.

밥
딜
런

사
는
일

1
오늘도 하루 잘 살았다
굽은 길은 굽게 가고
곧은 길은 곧게 가고

막판에는 나를 싣고
가기로 되어 있는 차가
제시간보다 일찍 떠나는 바람에
걷지 않아도 좋은 길을 두어 시간
땀 흘리며 걷기도 했다

124

그러나 그것도 나쁘지 아니했다
걷지 않아도 좋은 길을 걸었으므로
만나지 못했을 뻔했던 싱그러운
바람도 만나고 수풀 사이
빨갛게 익은 멍석딸기도 만나고
해 저문 개울가 고기비늘 찍으러 온 물총새
물총새, 쪽빛 날갯짓도 보았으므로

이제 날 저물려 한다
길바닥을 떠돌던 바람은 잠잠해지고
새들도 머리를 숲으로 돌렸다
오늘도 하루 나는 이렇게
잘 살았다.

2
세상에 나를 던져보기로 한다
한 시간이나 두 시간

퇴근 버스를 놓친 날 아예
다음 차 기다리는 일을 포기해버리고
길바닥에 나를 놓아버리기로 한다

누가 나를 주워가 줄 것인가?
만약 주워가 준다면 얼마나 내가
나의 길을 줄였을 때
주워가 줄 것인가?

한 시간이나 두 시간
시험 삼아 세상 한복판에
나를 던져보기로 한다

나는 달리는 차들이 비껴가는
길바닥의 작은 돌멩이.

기
도

내가 외로운 사람이라면
나보다 더 외로운 사람을
생각하게 하여 주옵소서

내가 추운 사람이라면
나보다 더 추운 사람을
생각하게 하여 주옵소서

내가 가난한 사람이라면
나보다 더 가난한 사람을
생각하게 하여 주옵소서

더욱이나 내가 비천한 사람이라면
나보다 더 비천한 사람을
생각하게 하여 주옵소서

기 도

그리하여 때때로

스스로 묻고

스스로 대답하게 하여 주옵소서

나는 지금 어디에 와 있는가?

나는 지금 어디로 향해 가고 있는가?

나는 지금 무엇을 보고 있는가?

나는 지금 무엇을 꿈꾸고 있는가?

나
태
주

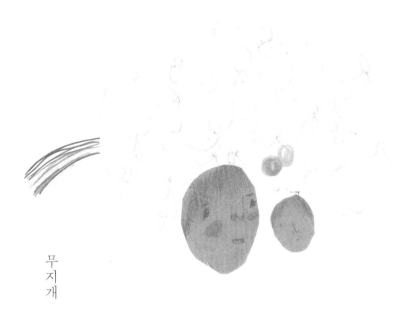

무
지
개

하늘의 무지개 바라보면
내 마음은 뛰노네
어려서도 그러했고
어른 된 지금도 그러하고
늙어서도 여전히 그러할 것이네

만약 그러하지 아니하다면 신이시여
지금이라도 나의 목숨 거두어 가소서

어린아이는 어른의 아버지
나의 생애 하루하루
타고난 그대로 경건한 마음 이어지기를
빌고 바라네.

윌
리
엄
워
즈
워
스

님께서 노래하라 그러시면

님께서 내게 노래하라 그러시면
자랑스러움에 내 가슴은 터질 듯,
님의 빛나는 눈을 우러러 뵐 때
내 두 눈에는 눈물이 어립니다.

내 생명에 깃든
거칠고 올바르지 못한 모든 것들 녹아내려
오직 나 하나 향기로운 가락을 이루고,
기쁨으로 바다를 건너는 철새처럼
나의 경배는 커다란 나래를 펼쳐듭니다.

나의 노래 마음에 드시리라 믿사옵니다.
다만 노래하는 자만이
님 곁에 가까이 다가갈 수 있음을 저는 믿사옵니다.

내 노래의 날개 크게 펼치면
그 끝이 님의 발아래 닿습니다.
거기 닿으리라곤 꿈에도 생각 못했지만요.

노래의 기쁨에 취해 나는 나 자신을 망각하고
내 주인이신 님을
감히 벗이라 부르고 싶사옵니다.

라빈드라나드 타고르

나팔꽃

여름날 아침, 눈부신 햇살 속에 피어나는 나팔꽃 속에
는 젊으신 아버지의 목소리가 들어 있다.

애야, 집안이 가난해서 그런 걸 어쩐다냐. 너도 나팔꽃
을 좀 생각해보거라. 주둥이가 넓고 시원스런 나팔꽃
도 좁고 답답한 꽃 모가지가 그 밑에서 받쳐주고 있지
않더냐? 나는 나팔꽃 모가지밖에 될 수 없으니, 너는
꽃의 몸통쯤 되고 너의 자식들이나 꽃의 주둥이로 키
워보려무나. 안돼요, 아버지. 안 된단 말이에요. 왜 내
가 나팔꽃 주둥이가 되어야지, 나팔꽃 몸통이 되느냔
말이에요!

여름날 아침, 해맑은 이슬 속에 피어나는 나팔꽃 속에
는 아직도 대학에 보내달라 투덜대며 대어드는 어린
아들을 달래느라 진땀을 흘리는 젊으신 아버지의 애끓
는 목소리가 숨어 있다.

나뭇꽃

나
태
주

씨 뿌리는 계절, 저녁 때

지금은 황혼
나는 황홀히 바라본다, 문턱에 앉아.
노동의 마지막 시간이
비춰주는 하루의 나머지를.

밤이 미역감긴 대지에서
나는 감동해서 바라본다,
미래의 수확을 밭고랑에
한 줌 가득 던지는 누더기 입은 한 노인을.

그의 키 큰 검은 실루엣은
어둠이 짙은 밭을 지배한다.
어느 정도 그는 유익한 날들이
하루하루 지나감을 믿어도 좋으리.

그는 넓은 들판을 걷는다.
갔다 왔다 씨를 멀리 뿌린다.
손을 다시 펴서는 다시 시작한다.
그리고 나는 생각에 잠긴다, 눈에 띄지 않는 증인이 되어서.

그러는 동안, 막을 내리며,
어둠은, 소란한 소리와 뒤섞여,
씨 뿌리는 농부의 장엄한 모습을
별에까지 뻗치는 듯하다.

빅토르 위고

나무를 위한 예의

나무한테 찡그린 얼굴로 인사하지 마세요
나무한테 화낸 목소리로 말을 걸지 마세요
나무는 꾸중 들을 일을 하나도 하지 않았답니다
나무는 화낼만한 일을 조금도 하지 않았답니다

나무네 가족의 가훈은 '정직과 실천'입니다
그리고 '기다림'이기도 합니다
봄이 되면 어김없이 싹을 내밀고 꽃을 피우고 또 열매 맺
어 가을을 맞고
겨울이면 옷을 벗어버린 채 서서 봄을 기다릴 따름이지요
나무의 집은 하늘이고 땅이에요

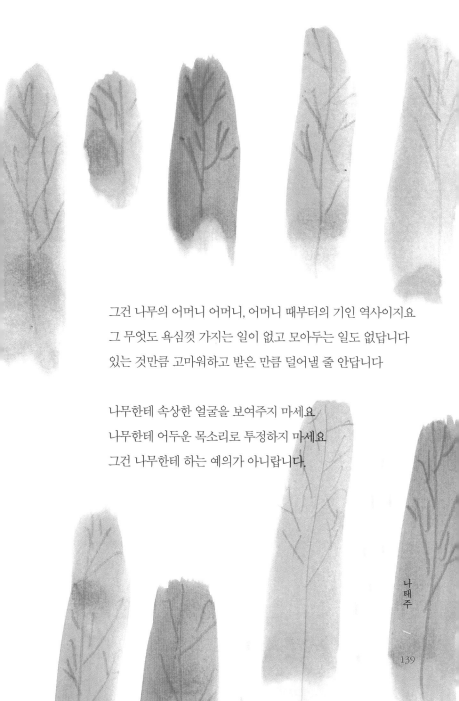

그건 나무의 어머니 어머니, 어머니 때부터의 기인 역사이지요
그 무엇도 욕심껏 가지는 일이 없고 모아두는 일도 없답니다
있는 것만큼 고마워하고 받은 만큼 덜어낼 줄 안답니다

나무한테 속상한 얼굴을 보여주지 마세요
나무한테 어두운 목소리로 투정하지 마세요
그건 나무한테 하는 예의가 아니랍니다.

나태주

비눗방울

비눗방울 안으로는
정원은 넣을 수 없습니다
주변을 빙빙 돌고만 있습니다.

장
쿡
토

귀

내 귀는 소라 껍데기
항상 바다 물결 소리 그리워한다.

껍데기

문걸 소리 그리워한다

장
콕
토

좋은
약

큰 병 얻어 중환자실에 널부러져 있을 때
아버지 절룩거리는 두 다리로 지팡이 짚고
어렵사리 면회 오시어
한 말씀, 하시었다

애야, 너는 어려서부터 몸은 약했지만
독한 아이였다
네 독한 마음으로 부디 병을 이기고 나오너라
세상은 아직도 징글징글하도록 좋은 곳이란다

아버지 말씀이 약이 되었다
두 번째 말씀이 더욱
좋은 약이 되었다.

나태주

유언시
— 아들에게 딸에게

아들아 딸아, 지구라는 별에서 너희들

애비로 만난 행운을 감사한다

애비의 삶 길고 가느른 강물이었다

약관의 나이, 문학에의 꿈을 품고 교직에 들어와

43년 넘게 밥을 벌어먹고 살았으며

시인 교장이란 말을 들을 때가 가장 좋은 시절이었지 싶다

그 무엇보다도 한 사람 시인으로 기억되기를 희망한다
우렁차고 커다란 소리를 내는 악기보다는 조그맣고 고운
소리를 내는 악기이고 싶었다
아들아, 이후에도 애비의 이름을 기억하는 사람을 만나거든
함부로 대하지 않기를 부탁한다
딸아, 네가 나서서 애비의 글이나 인생을 말하지 않기를 바란다

나의 작품은 내가 숨이 있을 때도 나의 소유가 아니고
내가 지상에서 사라진 뒤에도 나의 것이 아니다
저희들끼리 어울려 잘 살아가도록 내버려 두거라
민들레 홀씨가 되어 날아가든 느티나무가 되든 종소리가 되어
사라지고 말든 내버려 두거라.

인생은 귀한 것이고 참으로 아름다운 것이란 걸
너희들도 이미 알고 있을 터,
하루하루를 이 세상 첫날처럼 맞이하고
이 세상 마지막 날처럼 정리하면서 살 일이다
부디 너희들도 아름다운 지구에서의 날들
잘 지내다 돌아가기를 바란다
이담에 다시 만날지는 나도 잘 모르겠구나.

나
태
주

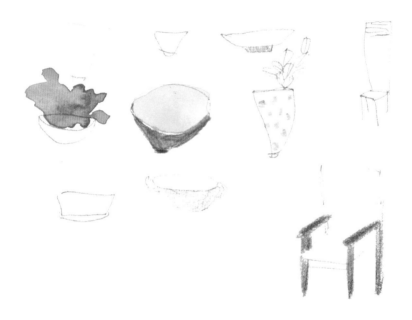

해
질
녘

아무도 없는 옆방에서
누군가 부른다 마치 나인 것처럼

나는 서둘러 문을 연다
이쪽은 어두운데
그곳엔 밝게 햇살이 비치고 있어
지금 막 누군가 떠나간 참인 듯
그림자가 슬쩍 눈을 스친다
그러나 내가 쫓으면 이미 아무도 없고
별다를 것 없는 해 질 녘이 된다

꽃병엔 먼지가 쌓였다
창문을 여니 하늘이 밝은데 거기서도……
누군가 부른다 나처럼.

다
니
카
와
순
타
로

시방도 기다리고 계실 것이다,
외할머니는.

손자들이
오나오나 해서
흰옷 입고 흰 버선 신고

조마조마
고목나무 아래
오두막집에서.

손자들이 오면 주려고
물렁감도 따다 놓으시고
상수리묵도 쑤어 두시고

오나오나 혹시나 해서
고갯마루에 올라
들길을 보며.

조마조마 혼자서
기다리고 계실 것이다,
시방도 언덕에 서서만 계실 것이다,
흰옷 입은 외할머니는.

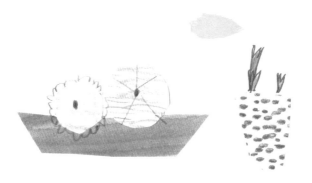

나
태
주

목장에서
물망초를 꺾으려다
그만 발이 빠졌지요

자두나무는
슬픈 모양으로 서 있네요
자줏빛 눈물을 머금고

암소가 보이네요
삼 빛 머리칼 처녀애가 보이네요
고요한 삶 어리숙한 날들.

메
시
지

누군가가 연 문
누군가가 닫은 문
누군가가 앉은 의자
누군가가 쓰다듬은 고양이
누군가가 깨물은 과일
누군가가 읽은 편지
누군가가 쓰러뜨린 의자
누군가가 연 문
누군가가 아직도 달리는 거리
누군가가 건너가는 숲
누군가가 몸을 던지는 강
누군가가 죽은 병원.

자
끄
프
레
베
르

155

바쇼의 하이쿠

산길 가다가
어쩐지 귀엽구나
고운 제비꽃

*

한적함이여
바위에 스며드는
매미의 소리

*

낡은 못이여
개구리 뛰어드는
퐁당 물소리

*

이 길이여
행인 하나 없는데
저무는 가을

*

벚꽃을 보면
온갖 일 떠오른다
이러저러한

*

부모님 모습
몹시도 그리워라
꿩 우는 소리

*

눈여겨 보라
울타리 밑 어여쁜
냉이꽃 폈다

*

새벽녘 산길
매화 향기에 불끈
떠오르는 해

*

이별이 슬퍼
보리 이삭 의지해
붙잡고 선다

마
쓰
오
바
쇼

고
요
한
밤
에

가을밤 침대 위에
얼비친 달빛을 바라보니

마당에 서리라도 내렸는가
생각이 든다

머리 들어 산에 걸린
달을 바라보다가

이내 고향 생각 떠올라
고개 그만 떨구고 만다.

이백

159

너
는

울
었
다

너는 울었다,
나의 불행을 보고.

나도 울었다,
나를 슬퍼하는 너의 동정이 가슴에 사무쳐.

그러나 너는
너 자신의 불행 때문에 운 것이 아닐까?

너는 너 자신의 불행을
내게서 보았을 뿐인 것이다.

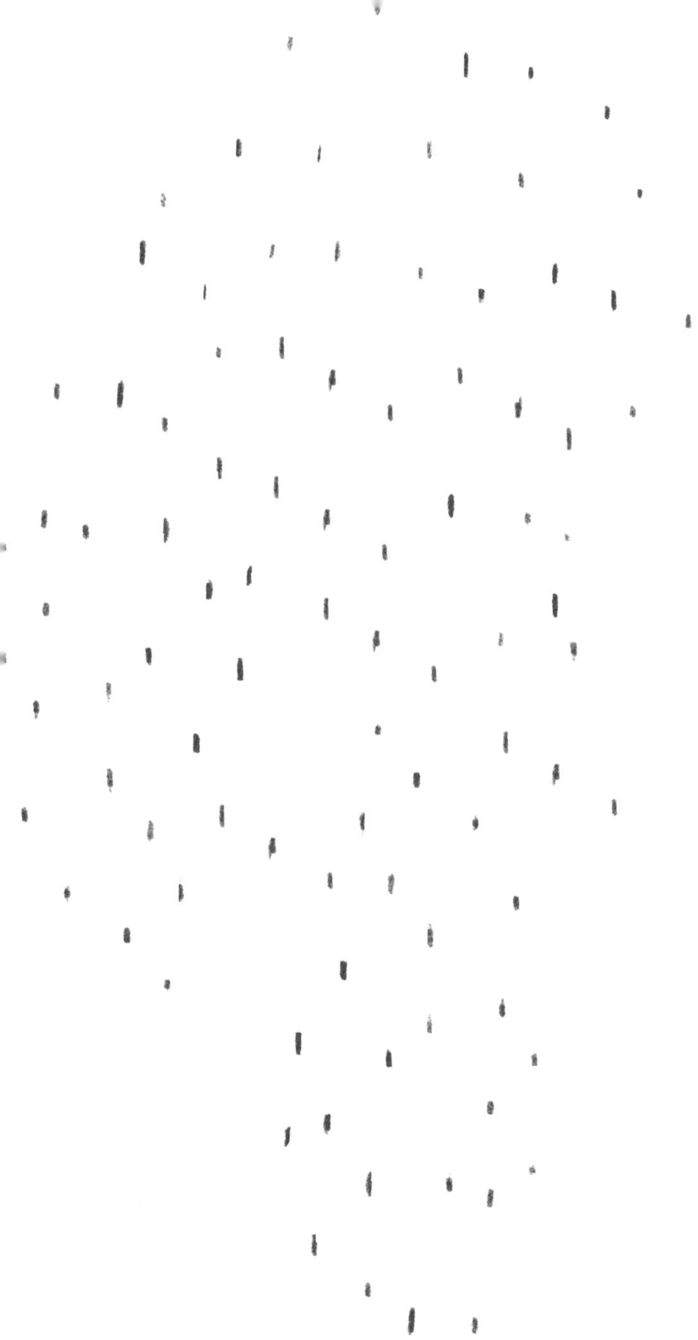

낙타

어
린
낙
타

날마다 네 마음속

어린 낙타 한 마리를 깨워

길을 떠나라

아직은 어린 낙타이니

그의 등에 올라타지는 말고

옆에 서서 함께 걸어라

낙타가 걸으면 걷고

낙타가 쉬면 쉬고

낙타가 바라보는 곳을

따라서 바라볼 일이다

때로는 낙타가 뜯어먹는

낙타 풀도 먹어야 하겠지만

부디 입술이나 잇몸에서

피가 나지 않도록 조심해라

네 마음속 어린 낙타 한 마리가

너의 스승이며 이웃이며

처음이자 마지막

길동무임을 잊지 말아라.

나
태
주

룩상부르크 공원에서

이런 어린 소녀가 있었다
룩상부르크 공원에 5월의 어느 날 일이었다
나는 혼자 앉아 있었다, 파이프 담배를 피우고 있었다
그때 소녀는 말끄러미 나를 바라보고 있었다
커다란 마로니에 그늘엔 새하얀 꽃잎들이 비 오듯 했다
소녀는 조용히 놀며 말끄러미 나를 바라보고 있었다
내가 말을 걸어주었으면 하는 눈치였다
소녀는 내가 행복하지 않음을 짐작했던 것이다
하지만 어린아이이기에 차마 말을 걸 수가 없었던 것이다
고욤 알처럼 동그란 눈의 소녀여 고운 마음이여
오직 너만이 나의 시름을 살펴준 것이다
고개를 저리 돌려라, 지금의 너로서는 알 도리가 있겠니?
저리 가서 놀아라, 언니가 기다린다
아아 그 누구도 풀어줄 수 없고 위로해 줄 수 없단다
어린 소녀여 언젠가는 너도 그것을 알 날이 올 것이다
먼 듯하면서도 가까운 그날이 오면 너도 오늘 나처럼
룩상부르크 공원으로 너의 슬픔을 생각하러 올 것이다.

섬들

섬,
섬들
지금까지 아무도 배를 댄 적이 없는
지금까지 아무도 발을 디딘 일이 없는
나무숲으로 우거진
한 마리 표범처럼 웅크린
결코 말이 없는
꿈쩍도 하지 않는

섬,
섬들
잊을 수 없고 이름도 없는
나는 내 구두를 뱃전 너머로 던진다
섬들이 있는 데까지
가고 싶은 마음 하나로.

블레즈 상드라르

연꽃 피는 날이면

아, 연꽃 피는 날이면 슬퍼집니다.

제 마음 길을 잃고 헤메니 이를 어찌하면 좋겠습니까.

광주리는 비었건만 돌아보는 이도 없이 꽃은 남아 있나이다.

오직 슬픔만이 가끔 이 몸에 닥쳐와 꿈에서 놀라 일어나면

남풍을 타고 불어오는 이상한 향기의 달콤한 흔적만이 느껴집니다.

이 어렴풋한 달콤한 향기가 그리움으로 내 가슴을 아프게 하니

이는 여름이 뜨거운 숨길의 완성을 찾는 거라고 생각될 뿐이옵니다.

이때에도 제 몸은 그렇게 가까이 있는 줄은 몰랐고,

또 그것이 제 것이며 이 완전한 향기가 제 가슴

한바닥에 피었을 줄은 몰랐나이다.

라빈드라나드 타고르

169

자기를 함부로 주지 말아라
아무것에게나 함부로 맡기지 말아라
술한테 주고 잡담한테 주고 놀이한테
너무 많은 자기를 주지 않았나 돌아다 보아라

가장 나쁜 것은 슬픔한테 절망한테
자기를 맡기는 일이고
더욱 좋지 않은 것은 남을 미워하는 마음에
자기를 던져버리는 일이다
그야말로 그것은 끝장이다

그런 마음들을 거두어들여
기쁨에게 주고 아름다움에게 주고
무엇보다도 사랑하는 마음에게 주라
대번에 세상이 달라질 것이다
세상은 젊어지다 못해 어려질 것이고
싱싱해질 것이고 반짝이기 시작할 것이다

자기를 함부로 아무것에나 주지 말아라
부디 무가치하고 무익한 것들에게
자기를 맡기지 말아라
그것은 눈 감은 일이고 악덕이며
인생한테 죄짓는 일이다

가장 아깝고 소중한 것은 자기 자신이다
그러므로 보다 많은 시간을 자기 자신한테
주는데 주저하지 말아야 할 일이다
그것이 날마다 가장 중요한
삶의 명제요 실천 강령이다.

나
태
주

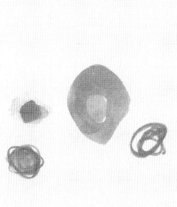

4장

희망은 어디에 깃들었을까요

청춘

청춘이란 인생의 어떤 기간이 아니라
마음가짐을 말한다.
장밋빛의 용모, 붉은 입술, 나긋나긋한 손발이 아니라
굳은 의지, 풍부한 상상력, 타오르는 열정을 가리킨다.
청춘이란 인생의 깊은 샘의 청신함을 말한다.

청춘이란 두려움을 물리치는 용기,
안이함을 따르고 싶은 마음을 뿌리치는 모험심을 의미한다.
때로는 20세 청년보다도 70세 인간에게 청춘이 있다.
나이를 더해 가는 것만으로 사람은 늙지 않는다.
이상을 잃어버릴 때 마음은 늙는다.
세월은 피부의 주름살을 늘려주지만
열정을 잃으면 마음이 시든다.
고뇌, 공포, 실망에 의해서 기력은 땅에 떨어지고
정신은 먼지가 된다.

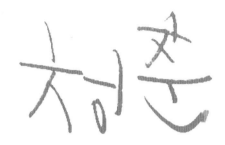

청춘

70세든 20세든 인간의 가슴에는
경이에 이끌리는 마음, 어린애 같은 미지에 대한 탐구심,
인생에 대한 흥미와 환희가 있다.
그대에게도 나에게도 마음의 눈에 보이지 않는 우체국이 있다.
인간과 하느님으로부터 아름다움, 희망, 기쁨, 용기,
힘의 영감을 받는 한 그대는 충분히 젊다.

영감이 끊기고, 정신이 아이러니의 눈에 덮이고,
비탄의 얼음에 갇혀 있을 때
20세라도 인간은 늙는다.
머리를 높이 치켜들고 희망의 물결을 붙잡는 한,
80세라도 그 사람은 청춘으로 살 수 있다.

사무엘 울만

이
니
스
프
리
호
수
섬

나는 이제 일어나 가야지, 이니스프리로 가야지,
나뭇가지 엮어 진흙 발라 거기 작은 오두막집 하나 짓고.
아홉 콩이랑, 꿀벌통도 하나 가지리.
그리고 벌이 붕붕대는 숲 속에서 홀로 살리.

그럼 나는 좀 평화를 느낄 수 있으리, 평화는 천천히
아침의 베일로부터 귀뚜라미 우는 곳으로 방울져 내려오기에.
거긴 한밤엔 온 데 은은히 빛나고, 정오는 자줏빛으로 불타오르고
저녁엔 가득한 방울새의 나래 소리.

나는 이제 일어나 가야지, 왜냐하면 항상 낮이나 밤이나
호수 물이 나지막이 철썩대는 소리 내게 들려오기에.
내가 차도 위 혹은 회색 보도 위에 서 있을 동안에도
나는 그 소릴 듣노라 가슴속 깊이.

윌리엄 버틀러 예이츠

177

하
오
의 한
시
간

바람을 안고 올랐다가
해를 안고 돌아오는 길

검정 염소가
아무 보고나
알은체 운다

같이 가요
우리 같이 가요

지는 햇빛이
눈에 부시다.

나
태
주

희
망
에
는

날
개
가

있
다

희망은 날개가 달린 것
영혼의 가지 끝에 걸터앉아
가사 없는 곡조로 노래를 시작하여
절대로 멈추지 않는다

거친 바람에도 한없이 감미롭게 들린다
거센 폭풍이 휘몰아쳐
작은 새를 어쩌지 못하게 하여도
그만큼 따뜻한 온기를 나누어 준다

차디찬 땅에서도 듣는다
낯설기 그지없는 바다에서도
곤경에 빠진다 해도 결코 희망은
나에게 빵 부스러기 하나 청하지 않았다.

에밀리 디킨슨

강물과 나는

맑은 날
강가에 나아가
바가지로
강물에 비친
하늘 한 자락
떠올렸습니다

물고기 몇 마리
흰 구름 한 송이
새소리도 몇 움큼
건져 올렸습니다

한참 동안 그것들을
가지고 돌아오다가
생각해보니
아무래도 믿음이
서지 않았습니다

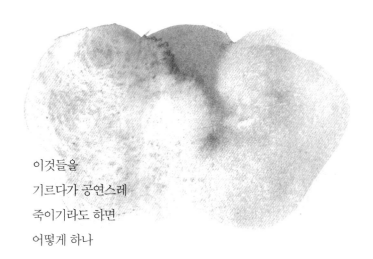

이것들을
기르다가 공연스레
죽이기라도 하면
어떻게 하나

나는 걸음을 돌려
다시 강가로 나아가
그것들을 강물에
풀어 넣었습니다

물고기와 흰 구름과
새소리 모두
강물에게
돌려주었습니다

그날부터
강물과 나는
친구가 되었습니다.

물고기 몇 마리
흰 구름 한 송이
새소리 몇 움큼

나
태
주

나는 나룻배

당신은 행인.

당신은 흙발로 나를 짓밟습니다.

나는 당신을 안고 물을 건너갑니다.

나는 당신을 안으면 깊으나 옅으나 급한 여울이나 건너갑니다.

만일 당신이 아니 오시면 나는 바람을 쐬고 눈비를 맞으며

밤에서 낮까지 당신을 기다리고 있습니다.

당신은 물만 건너면 나를 돌아보지도 않고 가십니다그려.

그러나 당신이 언제든지 오실 줄만은 알아요.

나는 당신을 기다리면서 날마다 날마다 낡아갑니다.

나는 나룻배

당신은 행인.

한
용
운

집

얼마나 떠나기 싫었던가!
얼마나 돌아오고 싶었던가!

낡은 옷과 낡은
신발이 기다리는 곳

여기,
바로 여기.

나
태
주

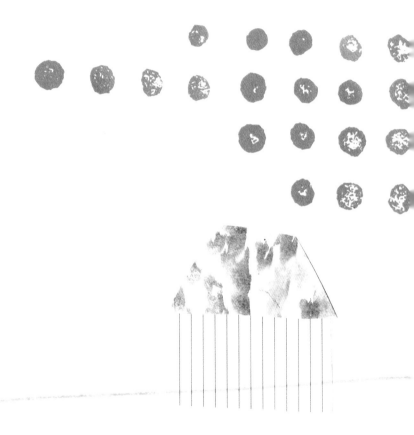

돌아온 집

떠날 때 어둑했던 우리 집
우울하고 따분해 보이던
가족들 얼굴

모처럼 돌아와 보니
우리 집은 밝은 집이었고
가족들 얼굴 또한 모두가
반짝이는 얼굴이었네

왜 그런지 그 까닭을 나는
말로는 다 설명하지 못하네.

나
태
주

산
너
머
저
쪽

산 너머 언덕 너머 먼 하늘 밑
행복이 있다고 사람들이 말하네.
아, 나도 친구 따라 찾아갔다가
눈물만 머금고 돌아왔다네.
산 너머 언덕 너머 더욱더 멀리
그래도 사람들은 행복이 있다고 말을 한다네.

카를 부세

먼
곳

어려서 외할머니와 둘이
오막살이집에서 살 때
자주 외할머니와 뒷동산에 올라
먼 곳을 바라보곤 했다

가을날 같은 때 군청색 굼실굼실
물결쳐간 산봉우리들 너머
외할머니도 먼 곳을 바라보고
나도 먼 곳을 바라보고 있었다

외할머니가 바라본 먼 곳이
어떤 것인지는 모른다
그러나 나는 마음속으로 아라비아 사막이거나
스위스 같은 곳을 먼 곳이라고 꿈꾸곤 했다

그 뒤로 나는 먼 곳을 많이 다녀보았다
여러 날 먼 곳을 서성이는 사람이 되기도 했다
지금은 또 그 먼 곳에서 살고 있다

생각해 보니 외할머니와 살던
오막살이집이 먼 곳이고
외할머니와 함께 올라 먼 곳을 바라보던
뒷동산이 먼 곳이었다.

나
태
주

그
리
운
바
다

나는 다시 바다로 가야지, 외로운 바다와 하늘로.
내가 원하는 모든 건 키 큰 배 한 척, 그 배를 인도할 별 하나,
그리고 물결치는 키 바퀴, 바람의 노래, 펄럭이는 흰 돛,
바다 얼굴 위의 잿빛 안개와 동이 트는 잿빛 새벽.

나는 다시 바다로 가야지, 흐르는 호수의 부르는 소리가
거절할 수 없는 야성적 부름이며 뚜렷한 부름이기에.
그리고 내가 원하는 모든 건 하얀 구름 날아가는 바람찬 날,
튀는 물보라, 휘날리는 물거품, 울어대는 갈매기.

나는 다시 바다로 가야지, 방랑의 떠돌이 생활로
바람이 칼날 같은 갈매기의 길로, 고래의 길로.
그리고 내가 원하는 모든 건 껄껄 웃는 떠돌이 친구의 즐거운 이야기.
그리고 긴 당번 시간이 끝난 후의 고요한 잠과 달콤한 꿈.

존 메이스필드

그네 위에서
애교 있는 인사여
저 높은 곳에서

*

그만 자구려
선잠 깬 남편의 말
밤 다듬이질

*

첫사랑이여
등불에 마주 대는
얼굴과 얼굴

산모퉁이를 돌아 논가 외딴 우물을 홀로 찾아가선
가만히 들여다봅니다.

우물 속에는 달이 밝고 구름이 흐르고
하늘이 펼치고 파아란 바람이 불고 가을이 있습니다.

그리고 한 사나이가 있습니다.
어쩐지 그 사나이가 미워져 돌아갑니다.

돌아가다 생각하니 그 사나이가 가엾어집니다.
도로가 들여다보니 사나이는 그대로 있습니다.

다시 그 사나이가 미워져 돌아갑니다.
돌아가다 생각하니 그 사내가 그리워집니다.

우물 속에는 달이 밝고 구름이 흐르고 하늘이 펼치고
파아란 바람이 불고 가을이 있고 추억처럼 사나이가 있습니다.

윤동주

어
머
님
께

이야기할 것이 참 많았습니다.
너무나 오랫동안 나는 객지에 있었습니다.
그러나 가장 나를 이해해준 분은
어느 때나 당신이었습니다.

오래전부터 당신에게 드리려던
나의 최초의 선물을
수줍은 어린아이 손에 쥔 지금
당신은 눈을 감고 말았습니다.

그러나 이것을 읽고 있으면
이상히도 슬픔이 씻기는 듯합니다.
말할 수 없이 너그러운 당신이, 천 가닥의 실로
나를 둘러싸고 있기 때문입니다.

헤
르
만
헤
세

197

우
리
나
라
의

가
을

햇
빛

가을 햇빛 아래 서면
누구나 유순해질 수밖에는 없는 일이다

공손히 엎드린 산들도 그러하고
넓게 팔 벌린 들판도 그러하고
멀리 발을 뻗은 강물도 그러하리라

뿐이겠는가
골목길을 휩쓸고 지나가는 한 떼의 아이들
자전거 타는 아이 롤러블레이드를 타는 아이
책가방 메고 바쁘게 어디론지 걸어가는
아이조차 그러하리라

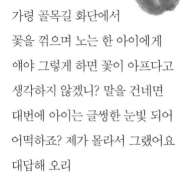

가령 골목길 화단에서
꽃을 꺾으며 노는 한 아이에게
애야 그렇게 하면 꽃이 아프다고
생각하지 않겠니? 말을 건네면
대번에 아이는 글썽한 눈빛 되어
어떡하죠? 제가 몰라서 그랬어요
대답해 오리

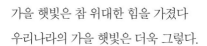

가을 햇빛은 참 위대한 힘을 가졌다
우리나라의 가을 햇빛은 더욱 그렇다.

나
태
주

믿음 다르고
생각과 마음 다르고
비록 얼굴 뵈온 일 없어도
추기경님은 우리의 영원한 추기경님

잠시나마 당신 같은 어른과 함께
같은 땅에서 같은 바람 마시며 산 것이
더없는 영광이요 감사였습니다

병든 이들과 핍박받는 이들과
버림받고 가난한 이들과 더불어
지극히 낮게 가난하게 살고 싶었지만
그럴 수 없었음이 가장 마음 아프셨다는
한없이 높은 마음의 어른

마지막 고요한 숨결 남으실 때까지
'미안합니다' '고맙습니다'란 말씀
입에 달고 사셨던
우리 옆집 할아버지 같았던 성자

마지막으로 주신 당신 말씀
'평생 과분한 사랑을 받았습니다.
서로 사랑하고 용서하십시오'
저희들 내일도 여전히 다투고 불화하고
어리석게 살겠지만 때로 그 말씀 떠올리며
조금은 잘 살아보려고 애쓸 것입니다

하나님!
말씀드리지 않아도 아시지요?
어제 몹시 추운 겨울날 저녁 어스름
지구라는 별의 동방에 작지만 아름다운 나라
오랫동안 가난하고 버림받은 자의 하늘이었던
한 사람이 당신 나라로 갔습니다

조금은 먼지바람 날리고 흐릿한
황색의 햇빛이 사선으로 비치는 가느른 길
조선종 어리고 순한 노새의 잔등에
여든일곱 해를 살아 지치고 늙은 인간의 몸을 얹고
하나님의 선하신 백성 한 분 그 나라로 갔습니다

추기경님!
당신과 더불어 이 땅의 사람들
오래 따뜻하고 행복했음을 당신도 아시지요?
오늘, 당신 선종하셨다는 소식 듣고
많은 사람들 뜨거운 눈물 뿌려 인간의
이별을 아쉬워하고 있습니다

저희들 눈물로 하여 추기경님도 잠시
평안하시고 행복하시었으면 좋겠습니다
좋으신 당신 이 땅에 보내주셨던
하나님께 감사드리며
추기경님 안녕히!
하나님께도 안녕히!

나
태
주

202

나 죽으면 울어줄 사람 위하여
이 쪽지를 남긴다

나 죽어도 오래 잊지 않을 사람 위하여
마음을 담는다

너를 만난 것이 세상에서 가장 좋았던 일
널 사랑해서 고마웠고 행복했다

나 없는 세상에서라도 너무
힘들어 하지는 말아라

예쁘게 잘 살아라
하늘에서 내려다본다.

나
태
주

어느 날 나, 산골짜기 사이
두둥실 흰 구름처럼 쓸쓸히 헤맬 때
눈에 들어온 한 무더기 황금빛 수선화
호숫가 나무 수풀 아래
산들바람에 간들간들 고개 흔드는

하늘 은하수 별들처럼 반짝이는 꽃들은
호숫가 가장자리에 끝없이
줄을 지어 피어 있었네
한눈에 보아도 헤일 수 없이 많아
머리를 까닥이며 기쁜 춤을 추었네

그들 앞에 물결들도 춤을 추었지만
꽃들의 춤은 한층 더 흥에 겨웠네
시인이면 누구인들 안 즐거우리!
다만 나는 이것이 얼마나 소중한 줄 모르고
바라보고 또 바라보기만 했네

집에 돌아와 종종 자리에 누워서
멍하니 또는 시름에 잠겼을 때
그들은 내 마음속 깊이 들어와 반짝이네
이것이야말로 고달픈 삶에 내리는 축복
그때마다 내 가슴은 기쁨으로 가득 차고
수선화들과 함께 춤을 추네.

윌리엄 워즈워스

　나는 야뇨증 환자

　낮에는 오줌이 잘 나오지 않고 밤에만 오줌이 나온다

　수차례 오줌을 누어야 하므로 아예 요강을 옆에 두고
서 잔다

　아침에 일어나 철렁한 요강을 소중히 안아다 비우고 닦으며

　밤사이 그 많은 오줌을 받아준 요강에게 감사한다

　내 오줌을 걸러준 4분에 1밖에 안 남은 콩팥에게 감사하고

　콩팥 뒤에 숨어있는 췌장, 역시 4분에 1밖에 안 남은

　췌장에게도 감사하고

　잘려나가 자죽만 남은 쓸개에게도 감사하고

　한 귀퉁이 뭉텅 잘린 간장에게도 감사한다

　뿐이랴! 음식물 받아 소화시키는 위장이며 그 찌꺼기를 받
아내려

　똥으로 만들어 주는 작은창자 큰창자에게도 감사하고

　날마다 수고를 아끼지 않는 항문과 입에게도 감사해야지

아, 감사할 것들이 너무나 많구나!
하기는 '행복론'의 저자 영국의 러셀 경은
나의 행복의 기초는 날마다 정해진 시간에 화장실에 가서
볼일을 제대로 본 것에 있다
그렇게 고백하기도 했다 하지 않는가
당신은 오늘 이렇게 충분히 행복한 사람이다.

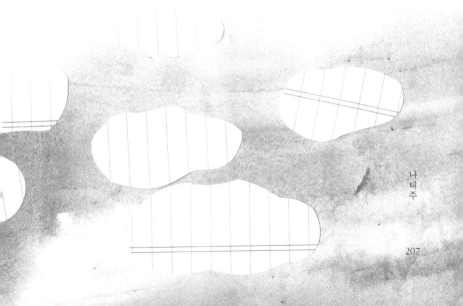

나
태
주

바닷가에서

아득한 나라 바닷가에 아이들이 모였습니다
가없는 하늘 그림같이 고요한데
물결은 쉴 새 없이 남실거립니다
아득한 나라 바닷가에
소리치며 뜀뛰며 아이들이 모였습니다

모래성 쌓는 아이
조개껍질 줍는 아이
마른 나뭇잎으로 배를 접어
웃으면서 한 바다로 보내는 아이
모두 바닷가에서 재미나게 놉니다

그들은 모릅니다
헤엄칠 줄도 고기잡이 할 줄도
진주를 캐는 이는 진주 캐러 물에 들고
상인들은 돛 벌려 가고 오는데
아이들은 조약돌을 모으고 또 던집니다

그들은 남모르는 보물도 바라잖고
그물 던져 고기잡이 할 줄도 모릅니다
바다는 깔깔거리고 소스라쳐 바서지고
기슭은 흰 이를 드러내어 웃습니다

사람과 배 송두리째 삼키는 파도도
아가 달래는 엄마처럼
예쁜 노래를 들려줍니다
바다는 아이들과 재미나게 놉니다
기슭은 흰 이를 드러내어 웃습니다

아득한 나라 바닷가에 아이들이 모였습니다
길 없는 하늘에 바람이 일고
흔적 없는 물 위에 배는 엎어져
죽음이 배 위에 있고 아이들은 놉니다
아득한 나라 바닷가는 아이들의 큰 놀이텁니다.

라빈드라나드 타고르

촉

무심히 지나치는
골목길

두껍고 단단한
아스팔트 각질을 비집고
솟아오르는
새싹의 촉을 본다

얼랄라
저 여리고
부드러운 것이!

한 개의 촉 끝에
지구를 들어 올리는
힘이 숨어 있다.

나
태
주

탐욕의 반대는 무욕이 아니라
만족입니다.
그것도 자기에게 잠시
머물렀던 것들에 대한
만족입니다.

부디 만족하십시오.
당신이 가진 것들에 만족하십시오.
작은 일에 만족하고
오래된 인연에 만족하고
낡은 물건에 만족하십시오.

오늘의 한국인
부유한 거 분명 맞습니다.
그러나 행복하지는 않은 것 같습니다.
만약 당신이 당신의 것들에
만족하기만 한다면 지금 당장이라도
당신은 행복해질 것입니다.

달
라
이
라
마

원
무

전 세계 소녀들이 모두 손을 잡는다면
바다를 둘러싼 원무를 출 수 있으리

전 세계 소년들이 모두 사공이 된다면
파도 위에 멋진 배다리를 놓을 수 있으리

이처럼 전 세계 모든 인류가
손에 손을 잡기만 한다면

세계의 변두리를 한 바퀴 도는
론도를 한 판 즐겁게 출 수 있으리.

폴
포
르

금
세

그러자
그렇게 하자

네가 온다니
네가 정말 온다니

지금부터 나는
꽃 피는 나무

겨울이지만
마음이 봄날이다.

나
태
주

오늘의 약속

덩치 큰 이야기, 무거운 이야기는 하지 않기로 해요
조그만 이야기, 가벼운 이야기만 하기로 해요
아침에 일어나 낯선 새 한 마리가 날아가는 것을 보았
다든지
길을 가다 담장 너머 아이들 떠들며 노는 소리가 들려 잠
시 발을 멈췄다든지
매미 소리가 하늘 속으로 강물을 만들며 흘러가는 것
을 문득 느꼈다든지
그런 이야기들만 하기로 해요

남의 이야기, 세상 이야기는 하지 않기로 해요

우리들의 이야기, 서로의 이야기만 하기로 해요

지나간 밤 쉽게 잠이 오지 않아 애를 먹었다든지

하루 종일 보고픈 마음이 떠나지 않아 가슴이 뻐근했
다든지

모처럼 개인 밤하늘 사이로 별 하나 찾아내어 숨겨놓
은 소원을 빌었다든지

그런 이야기들만 하기로 해요

실은 우리들 이야기만 하기에도 시간이 많지 않은 걸 우리
는 잘 알아요

그래요, 우리 멀리 떨어져 살면서도

오래 헤어져 살면서도 스스로

행복해지기로 해요

그게 오늘의 약속이에요.

나
태
주

당신 생각하느라
꽃을 피웠을 뿐이에요

1판 1쇄 발행	2018년 4월 24일
1판 10쇄 발행	2022년 8월 31일

엮은이	나태주
그린이	한아롱

발행인	황민호
사업본부장	박정훈
책임기획	김순란 강경양 한지은 김사라
마케팅	조안나 이유진 이나경
제작	심상운 최택순 성시원
디자인	김아름 @piknic_a

발행처	대원씨아이(주)
주소	서울특별시 용산구 한강로 3가 40-456
전화	(02)2071-2018
팩스	(02)749-2105
등록	제3-563호
등록일자	1992년 5월 11일

ⓒ 나태주, 한아롱 2018

ISBN 979-11-334-8003-6　03810